语言群岛图

命令式岛

不定式岛

发生海难的海滩

虚拟式岛

词语商店

市政厅　　　词语市场

　　　　　　　例外办

医院

词语城

欢迎登录 http://www.erik-orsenna.com
来到奥瑟纳的语言群岛

我愿意带着学生及其家长和老师，带着所有爱好语言和文字的人，在温柔的语法、刺人的音符、奇幻的语态和起舞的标点当中，探索语言王国的奥秘。

——埃里克·奥瑟纳

书屋村

利先生的家

词语命名
者的小屋

最重要的工厂

造词厂惊魂

（法）埃里克·奥瑟纳 著　彭怡 译

La Fabrique des mots

Erik Orsenna

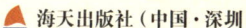
海天出版社（中国·深圳）

图书在版编目(CIP)数据

造词厂惊魂/(法)奥瑟纳著；彭怡译.—深圳：海天出版社，2015.9

(语言群岛探秘)

ISBN 978-7-5507-1442-7

Ⅰ.①造… Ⅱ.①奥… ②彭… Ⅲ.①中篇小说—法国—现代 Ⅳ.①I565.45

中国版本图书馆CIP数据核字(2015)第187086号

版权登记号　图字 19-2013-175 号

La Fabrique des mots
Erik Orsenna
© Éditions Stock, 2013

造词厂惊魂
ZAOCICHANG JINGHUN

出品人	聂雄前
责任编辑	胡小跃
责任校对	刘翠文
责任技编	蔡梅琴
封面设计	蒙丹广告

出版发行	海天出版社
地　　址	深圳市彩田南路海天综合大厦　(518033)
网　　址	www.htph.com.cn
订购电话	0755-83460293(批发)　83460293(邮购)
设计制作	深圳市龙墨文化传播有限公司(电话：0755-83461000)
印　　刷	深圳市希望印务有限公司
开　　本	889mm×1194mm　1/32
印　　张	5.375
字　　数	70千
版　　次	2015年9月第1版
印　　次	2015年9月第1次
定　　价	23.00元

海天版图书版权所有，侵权必究。

海天版图书凡有印装质量问题，请随时向承印厂调换。

目录
Contents

第 1 章　词典统统被烧 …………………… 001

第 2 章　很多词语遭到禁止 …………………… 016

第 3 章　词语反抗了 …………………… 033

第 4 章　打响词语保卫战 …………………… 036

第 5 章　受到巨大的鼓舞 …………………… 046

第 6 章　系谱树与白斑狗鱼 …………………… 050

第 7 章　观看死亡的语言决斗 …………………… 057

第 8 章　发现了让人不安的地图 …………………… 070

第 9 章　让人想起电视真人秀 …………………… 084

第 10 章　TDM 行动 …………………… 088

第 11 章　造词不是为了赚钱 …………………… 101

第 12 章　前往造词厂 …………………… 107

第 13 章　词语的寿命由使用者决定 …………………… 133

第 14 章　来了三个戴风帽的人 …………………… 140

第 15 章　词语开始使坏 …………………… 149

第 16 章　假如没有词语 …………………… 157

鸣　谢 …………………… 165

第 1 章

词典统统被烧

小心啊！词语可不像人们以为的那样，是温顺的小动物，不会受到任何伤害。

词语喜欢爱情，但也喜欢战斗，所以混杂在各种危险的情感历险中。

对那些讲述它们的人来说是危险的，对那些听它们的人来说也是危险的。

有的故事简直就是在宣战。

所以，我，让娜，我不开口。我宁愿等待时间流逝。当时，我还很小，十岁零几个月。

但要说话的时候到了。

危险又有什么关系！

如果我受到攻击，你们会来救我吗？

关上门窗。

没有纸，也没有笔，更没有电子邮件（也有人说"伊妹儿"）或SMS。我不想记录。不应该留下任何痕迹。只需伸长耳朵。好好地打开你的记忆之门。

准备好了吗？

从前……

La Fabrique des mots   003

那天，没有任何不祥的预兆。那是一个星期天。从上午开始，大海就不慌不忙、自觉自愿地达到了理想的温度——27摄氏度。五彩斑斓的鱼好像在等待我们开始跟它们玩。应该说，我们对它们相当了解，一一叫着它们的名字：帝王鱼（又黄又蓝，中间有白杠）、剑鱼（橙色的尾巴，戴着几乎是黑色的眼镜）、斑纹刺盖鱼（蓝色的身体中部有黄色的斑点，让人想起马达加斯加岛……），还有大群的鹦鹉鱼（什么颜色都有）。

鲨鱼像往常一样游来游去，谁也不怕它们。我们的角鲨很温柔，与尖吻鲭鲨、远洋白鳍鲨、虎鲨，尤其是和可怕、会吃人的大白鲨完全不同。

我们是怎么变得这么博学的呢？要知道，朋友们，我们的操场就是海滩。你们妒忌了？你们说得对，我们就住在天堂里。

信风轻轻地摇曳着椰子树，风力不大不

小,恰好能把椰子吹落在地。一砍刀下去,又甜又新鲜的椰汁就流到了喉咙里。

快到中午的时候,已充满各种浓香(香草、芒果、香根草……)的空气又多了一些让人垂涎的味道:朗姆酒、烧烤鲷鱼、青柠。午餐正在准备之中。

夜幕一降临,我们的鼻孔又被插着铁签的羊肉串和刚裂开的番石榴的味道弄得痒痒的。总之是幸福的味道:神仙般的日子,这在我们这个群岛上天天如此。

晚上8点,电视新闻开始了。荧屏上出现了一个圆圆的大脑袋。秃顶,怒气冲冲。那是我们的现任甚至是下届总统:内克罗尔。

为什么又发火了?

在巴黎,那些什么都要测量的学者们一定以为我们遇到了地震。因为他刚说了几句话,全岛就抖动起来。

那个人无所不能。

他又发什么疯了?

我们犯了什么无法饶恕的错误,要受这样一个独裁者的统治?

他开始说话了。

"饶舌!

"你们这群饶舌的人!

"总是这般饶舌!

"说话饶舌,写字啰唆!

"我要治治你们的这个毛病。这个毛病妨碍了我们在世界竞争中占有自己的位置。

"话这么多,还怎么工作?"

我们面面相觑,合不拢嘴,也就是说大张着嘴。

内克罗尔把自己关在直播室里,继续说:

"你们给我听着!说个不停!

"别老是喋喋不休!

"半夜里也说个不停。我在自己的首都散步,半夜里也震耳欲聋。你们不停地说,叽里呱啦,甚至睡觉的时候也说。不说话你们就睡不着。

"我一直在想,怎么拯救你们呢?

"你们的话太多了。

"所以,我决定,从现在起,禁止说废话。

"那什么话才能说呢?

"你们将接到一个单子,还将知道相应的措施。

"在大家的努力下,在每个人的努力下,我们将很快制止讲废话这股瘟疫。

"国家万岁!我的终身总统任期万岁!"

我们的这个独裁者又着了什么魔?显而易见,向说话宣战比消失失业要容易!

我们都走到大街上去评论他的这番讲话,没有立即看到那道黑烟从山那边升向被月光照亮的天空,像一条黑线。

最后,终于有人大喊:
"着火了!"
"好像是……"
"是的,是卡比当家里着火。"
"那可太不幸了。他的身家性命全在里面。"
"快,消防队!"

营房前面拉起一道警戒线。我们大喊:

"警报！警报！把门打开！这样可以为消防车赢得时间！"

纪律部队没有任何动静。

我走到中士身边（我对军衔很内行），推了他一下：

"你怎么了？睡了还是怎么着？你没发现吗，卡比当家里着火了！"

没有任何反应，我只听见他在抱怨："我也没有办法。命令就是命令。"

我一抬头，看见两个消防员斜靠在二楼的一个窗口，一脸的遗憾。他们摊开手掌，挥了一下手，好像是在擦窗玻璃，也附和道："我们没有任何办法。"

于是我们找来水桶，一直跑到山上。

卡比当的双脚仍站得稳稳的，如同一个已经垂下双臂的拳击手，挨了几拳，前倾后仰，但为了名誉，咬着牙坚持着，没有倒下去。他一头白发，英武而高贵，眼睁睁看着自己的屋子，也就是自己毕生的作品被烧毁。

我们赶紧跑到井边。

"没用的，"一位妇女说，"火太大了。"

"是怎么烧起来的？是意外事故吗？"

"怎么会？一下子四发炮弹！应该什么都没有了。"

我们明白了，或者说得到了证实（因为我们早就知道了），内克罗尔不但危险，而且可笑。可笑与破坏力往往是很好的一对。对内克罗尔来说，恶行和怪异就是他登顶的矮梯子。就像利比亚的卡扎菲，就像中非的某个博萨卡皇帝，内克罗尔真的开始向词语发起进攻了。

卡比当曾让我参观过他的住处。

"让娜，既然你喜欢听故事……"

我宛如走进了圣殿，心怦怦直跳。一座全部用木头搭建的祭坛似的小屋，书从地面堆到了天花板。

惊讶和欣喜了一会儿之后,我开始寻找起来。

"找吧,让娜。是的,找吧!用你的翘鼻子找吧,你很像一只小狗。"

多让人扫兴啊!

"它们在哪儿?"

"什么东西?"

"故事呀,我一个都没看到!"

我想起了什么,便沿着书架,越走越快,但没找到什么有趣的书。没有一本童书!没有一本漫画!也没有小说,没有传记!什么都没有,除了……几本词典!有几本书名很诱人,没错(《亚洲蝴蝶辞典》、《世界风辞典》),但其他就没多大用了(《阿拉伯-爱斯基摩辞典》、《斯洛伐克骂人辞典》……)。

"为什么你有这些书,卡比当?多么滑稽的藏书!这些书一定让你很烦!"

"千万别这么以为,让娜。况且,你是一个

造词厂惊魂

爱听故事的人。"

于是他继续讲他的故事。可是,他是在哪里读到这些故事的呢?"

他真的很开心。

"将来有一天,你会上路,让娜,走上陆地或海洋。你总有一天会走,这是你的天性,我知道。不过,读书或者旅行,你必须选择。因为书太重了,不能带得太多。如果你只能选一本书作为陪伴,你会选什么书?"

"《爱丽丝漫游仙境》①。"

"很好,让娜,很好。这样,你看,我吧,我在上船周游世界半年甚至一年之前,会在这里走一走,在我所有心爱的词典当中走一走。它们请求我,我向你发誓,它们伸出手臂哀求

---

① 《爱丽丝漫游仙境》是英国作家刘易斯·卡洛尔于1865年出版的儿童文学作品。故事叙述一个名叫爱丽丝的女孩从兔子洞进入一个神奇国度,遇到许多会讲话的生物以及像人一般活动的纸牌,最后发现原来是一场梦。

我:'卡比当,带上我吧!'"

"我还小,卡比当,请告诉我这是为什么!这些可怜的词典,我知道它们想到各地走走,否则就得在书架上打发时间,更糟糕的是,书架上黑乎乎的。您呢,您喜欢什么?"

"讲述每个词生平的好词典。"

"是因为每个词都有自己的生命?"

"当然啦!它们的生命比你我的生命都长。每本词典里面都有三四万个单词,也就是说,有三四万个故事。仅仅在一本词典中啊!"

"我开始明白了。"

"用这些词,你想创作什么故事就可以创作什么故事。就像一个泥瓦工。你可以想象一下,用这么多砖头可以建造多么漂亮的屋子。词语就是砖头,让娜,我们的砖头!语句的砖头,梦幻的砖头,想象的砖头,希望的砖头。"

现在,书房里炎热起来。热成那样,让人

无法前行。

我这才发现,我们的周围都是人。大家围在一起哭。我认出他们来了。是岛上的诗人和歌唱家们。他们都是来向卡比当借韵律词典的,主要是在夜晚来,免得被别人看到。诗人和歌唱家们都想让别人以为,灵感才是他们创作的源泉。

> 妈妈唱给我听的
> 一首温柔的歌
> 我吸着拇指听着
> 睡着了。

朋友们,什么叫韵律?我想起了正式的定义:"每行字最后相同的音。"

是的,不断重复的音,就像是海滩上的小波浪,这些声响把句子与句子连接起来。好像由于这些韵脚,句子与句子手拉着手,组成了一个能围绕地球的大圆圈……

第 2 章
很多词语遭到禁止

过去了一天又一天,内克罗尔没有再发表演说。

又发生了几场火灾,旧书都消失了,但没有人能在这些不幸的事件当中找到关联。真正的战争还没有爆发呢!

每天晚上,放学之后,我们不是赶紧做作业,而是都跑去安慰卡比当。我们帮助他把被烧毁的木头堆积起来,把灰烬扫掉。

他不想重建房屋。"太迟了,我这辈子所剩时日已经不多。"他经常这样说。于是,我们送给他一些可以安慰他的礼物:我们把自己的耳朵借给了他。我们坐在他的周围,不断地听他讲述他的旅行故事。

"我记得,那是在爪哇岛,一天晚上……

"那是我第三次,不,第四次,在同样的天气穿过合恩角①,总是在那样的天气里,狂风大作……

"哪天,我得跟你们说说奇洛埃岛②的鲑鱼……"

他好像忘了他所谓的"家",失火之前的家和他的宝贝词典。

他只谈一本词典,他最喜欢的那本,《辞源大辞典》。

"你们知道为什么吗,孩子们?因为有了它,我才能在时间中穿行。辞源,就是研究词语的来源。你们想让我举个例子?等等,让我

---

① 合恩角,智利火地群岛南端的陆岬,被认为是南美洲的最南端。
② 奇洛埃岛,智利中南部岛屿。

回想一下。有了。'成功'（réussir）这个词，就来自一个意大利语动词 uscire，意思是说'找到了出口'。后来，法语接受了它，以自己的方式进行了改造，成了 réussir。几个世纪过去，这个词的意思慢慢地发生了变化。'成功'对你们来说意味着什么？"

"有许多钱。"

"叼着一支粗大的雪茄。"

"有个漂亮的金发女人。"

"对,非常漂亮。"

"甚至有点俗气!"

"大大的假乳房。"

"我觉得是一座豪宅,四周有围墙,还有摄像头,防止小偷进入。"

卡比当乐了。

"你们看见了,这多有意思:起初,成功,是找到出口;现在,成功是自我保护,不让任何人进来!"

他笑起来的时候,皱纹舒展了,人变年轻了。追溯词语起源的时候,他的时间也倒流了。

总之,我们都忘记了内克罗尔。

但有天早晨……

那天早晨,我们的老师走进课堂时,我们被她的脸吓了一跳。她眼皮浮肿,像是哭了很久。脸色苍白,一定是没有睡好。她上穿近

似绿色的黄绿色套衫，下着深红色的裙子，搭配不当，一看就知道是最后一分钟才匆匆乱穿衣，也许还是摸黑穿的衣。大家都知道，有些女孩，在镜子里扫了一眼，说："我今天真吓人，让我把灯关了吧！"

可怜的罗兰小姐！她是那么漂亮，谁有那么大的本领把她摧残到这种地步？哪个情郎会如此愚蠢和残忍，竟然不爱护这样的尤物？赶快把他的名字和地址告诉我们！有他好瞧的！我们虽然年龄都不大，但班里已经有两个壮汉：加埃尔和泰里。

我们班一共有 23 个同学，包括伊波利特，他总是开小差。老师迟迟疑疑地走到讲台后面时，46 只眼睛尾随着她，46 个眉头愤怒地皱了起来，46 个小拳头紧紧地握了起来。她不是坐下来，而是跌坐在椅子上，一一看着我们，看着我们 23 个人，不慌不忙。而通常，她是那么急不可耐，总是追赶可恶的课程，那是我们的敌人，必须在6月中旬之前完成（正如人们所说"给伤员头上来一枪，结束他的生命"）。

"可怜的孩子们！"

就是从那一刻起，我有了灵魂。或者说，我知道有了灵魂。因为罗兰小姐的叹息绞动了我胸中的某些东西。如果你们有别的词来称呼那个东西，请告诉我，因为我的词库里只有"灵魂"这个词。

我相信，在那种让人难受的沉默中，只有我的声音在回响。

"怎么回事？"

我虽然看起来不怎么样，却是班里的负责人，是大家选出来的班长。在那场残酷的选举中，我战胜了愚蠢而自负的卡埃唐。

罗兰老师没有马上回答，脸上浮现了巨大的红云。这是金发美女的弱点。与传说的相反，她们不缺智慧，只是不会掩饰。人们可以从她们的皮肤上读出什么，就像读一本书。她们不应玩扑克,否则总是吃亏。

她又看着我们。

她所看到的东西重新给了她力量,我敢说,准是这样。在某些时候,学生也能教老师一些什么,就像老师教他们一样。他们可以团结起来打一场漂亮的胜仗,正如我将要向你们证明的那样。

她深深地呼吸了一口。

"正式的单子下来了。"

"老师,什么单子?"我们非常尊敬地问她。

"官方允许使用的词语。喏,我给你们每人复印了一份。"

她开始发单子。

作为一个好教师,罗兰小姐尽管非常愤怒,但她仍然抓住这个机会给我们上课。

"你们在这张单子上注意到了什么?"

"只有 12 个词。"

"那为什么只有 12 个词呢?"

注:

1. 去掉一些无用的词,也就是说禁止使用的词:夜晚,白天(朝外面看一眼不就知道了吗)。

2. 使用单子以外的词,也就是说无用的词,将被视为浪费两种公共资源(时间与能源),可能会被罚款:首次犯错,本岛货币 15 元;再犯 50 元。

3. 该法于春季的第一天生效。

"一年有 12 个月！"

"耶稣有 12 个门徒。"

"钟上有 12 个刻度。"

"还有呢？"

阿波里娜举起了手：

"只有动词。"

"终于说对了！"罗兰老师说，"幸亏有你在！在你看来，内克罗尔为什么只选动词？"

"无非是想为难我们！"

"那是因为动词变位太难了！"

那天上午，我们尽管作出了巨大的努力，还是无法让罗兰老师舒展眉头。

她差不多是在大叫：

"严肃点！为什么要用动词？"

抱歉了，那我就不谦虚了，因为我要回答了。

"你经常对我们说，动词是句子的发动机。内克罗尔想让我们干活，所以，他只保留了描述动作的词。"

我说完之后,一片寂静。我们的眼睛都不敢从面前的那张纸上移开。那12个词好像在嘲笑我们:

"啊哈,小狼崽们,到现在为止,你们一直不怎么喜欢我们这些动词!你们应该习惯习惯!"

我们的足球健将约翰举手了:

"老师,词语少一点真那么可怕吗?"

其他人也跟着附和,我已经记不起来是谁了。

"有12个词已经不错了!"

"词太多会让人糊涂。"

"让人眼花缭乱。"

"树就是树,没必要分那么多种类。"

"中饭晚饭都是一样的:都是吃。"

"老师,内克罗尔讲得是不是有道理啊?"

罗兰老师没有马上回答,而是等着风暴平息下来。这是她的策略之一:沉默和微笑。课堂里恢复了平静。

突然,她没有任何过渡就讲起数学来。

"让我们换个话题吧!世界上并不是只有词语。咱们来复习一下除法怎么样?"

"你,这位同学,到黑板前面来。"

于连,也就是被她点到的那位同学,看着她愣住了。

"可是,老师,你忘了我的名字?"

罗兰老师继续说:

"你不愿意上来?很好。那就那个女孩吧,是的,就是你后面的那个。"

她指的是拉希达，我们的女明星，她已经在全校出名，就等着去好莱坞了。她生气地站起来：

"哦，老师！您忘了？难道我叫护士？大家都知道我叫什么。"

这时，罗兰老师脸上的那种胜利者的自豪消失了。

"哦！你们不喜欢别人去掉你们的名字！你们感到自己就像没穿衣服那样？你们不可以没名没姓，可树木也一样，生活中的所有物品都是如此。它们都想有个词来代表自己，以区别于其他东西。你们知道，什么叫杰出人物吗？"

"那是头大象。"

"与他人不同。"

"比别人更好。"

她扬起一只手：

"停！你们全都明白了。没必要再说下

去了。"

她看了看表。

"时间不早了,明天见。好好准备,准备战斗。"

"明天是星期二。我们也得给每个日子一个名字。"

"你说得对,于连。"

"我第一次这么急切地盼望星期二……"

"还有,你们知道吗,你们的名字也都是一些有意义的词?"

这是罗兰老师的习惯,很让人生气:到快到傍晚了,她又出了个谜语,让人不愉快但行之有效。我们焦急地等待第二天,想知道谜底。

好老师知道如何讲话。他们在讲话的过程中教学。要讲得好,就得设置悬念。

不管我们如何恳求,她只给我们一个例子。

"菲利普。"

"到!老师。"

菲利普的脸涨得通红,我敢肯定他的掌心里也都是汗水。这是我们班里最害羞的人。啊,正如我经常说他的那样,这是他最大的毛病。他要是能把自己的谦逊给拉希达一点,那该多好!

"你是怎么来学校的?"

"这……骑自行车啊。"

"你忘了你的马?"

"可是,老师,我没有马。"

她一定很同情他。

"'菲利普'(Philippe)这个名字是由两个

希腊词组成的。第一部分，'菲利'（phil），意思是'喜欢'，正如'哲学'（philosophe）这个词，就是'喜欢智慧的人'，又如'仁慈'（philanthropie），就是'爱人类的人'；第二部分，'普'（hippo）的意思是'马'，比如'赛马场'（hippodrome）。所以，'菲利普'的意思就是'爱马的人'。我要是你，生日的时候我就要一匹马。明天见！"

"老师，明天见！"

"但愿明天早点来到！"

第3章
词语反抗了

别以为被禁止的词语会乖乖就范：从第二天开始，它们就聚集在自由广场，表示自己的愤怒。它们成群结队，举着标语牌。

很快，大家都走到一起，汇成下一条词语的大河，涌向总统府。

是谁发动了这场游行？

我让您猜一千次您也猜不出：**喝彩**。被允许使用的词语里面最鼓励使用的。

对内克罗尔来说，这是一记多么响亮的耳光啊！

他已经命令他的私人卫队各就各位。三排

士兵，靠在速度飞快、昂起炮塔的小坦克上。

我们担心会发生糟糕的事情。

直到此时，我们这些人类还没有介入。我们不想像以前那样老是抢风头。

这是词语在反抗。

但是现在，不要再讲这种礼貌了，应该保护我们的朋友。

我们加快了步伐。

要赶在爆发流血冲突之前。

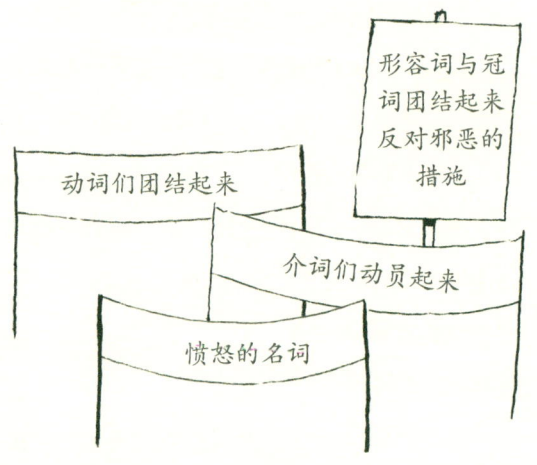

为了击退进攻者，内克罗尔选择了一个好办法：催泪瓦斯（它能让人流泪）。

那天，如果有张大网，他本来可以把所有的词语都捕获的，因为它们全都聚集在一起。而且在哭。

幸亏，他没有想起来。他在预防突发事件。词语聚集起来，还是挺让人害怕的。

半小时后，城里恢复了平静。只听见轻轻的咳嗽和清嗓子的声音……也许是因为词语喘不过气来。

第 4 章
打响词语保卫战

我们的老师可不是一个不负责的人。

她没有不假思索就让我们投入战斗。

她想征得我们每个人的同意,尽管拉希达对她说,我们的意见无足轻重,因为我们是未成年人。拉希达对什么事都喜欢较真。

我们没有理她,在方纸上写下了回答,然后放在金鱼缸里(金鱼因消化不良已经死了)。为了在手无寸铁的情况下保护自己,我们要求约翰到靠走廊的窗口警戒,他是我们当中长得最高大的:11 岁就已经 1.71 米了。可不能让校长撞见!

结果：23个人投票。

21票"同意开战"。

1票"我不知道"。

1票"不同意，因为永远应该相信现任总统"。

当然，罗兰老师的记忆力好得很，什么都不会忘，尤其是文字，她知道这个复杂的句子是谁写的，但她保守秘密。

我们鼓掌庆祝"同意"的绝对胜利，但只用指尖鼓掌，怕惊动别人。

"从现在起，我们必须偷偷摸摸了。"阿波里娜说。她是我们班里表现最好的学生，因为她母亲是税务督察。

谁都没有明白。

"说'悄悄地'更准确。"罗兰老师提醒说。

阿波里娜固执己见：

"可我更喜欢'偷偷摸摸'（subreptice）。

这个词来自拉丁语 repere,意思是'爬行';sub,就是'在什么底下'的意思。"

我们的学习加快了。

正如你们所发现的那样,罗兰老师的逻辑思维很强。

"一个人,如果不爱他的国家,就不会保护它。如果不了解它,就不会爱它。你们知道词语国吗?"

"我挺了解的。"拉希达很自负。

但其他人,包括我,都承认自己一无所知。

"我们甚至都不知道什么叫国家,所以你看……"

"很好,我需要一个星期来教你们关于国家的最基本的常识。"

"那战争又是什么呢,老师?"

"仓促,容易坏事。我花了好几个晚上来阅读战略条约……"

我们几个人笑了。温柔的罗兰老师装出

恺撒或拿破仑那副严肃的样子,让人觉得很滑稽。

"……最好是认真准备,遇到天时地利便全力以赴。词是个什么东西?

"是一个声音或一组声音。"

"恭喜,于连。你是个音乐家!最奇特的词,应该是'词'(mot)这个词,它来自拉丁语muttum,我们把它变成了'沉默'(mutisme),'缺乏语言'的意思。'词'这个词的命运真是奇特,它是用来说话的。但我们还能说些什么?好了,你们醒醒!什么叫词?"

"词是一扇窗。"

"可以是任何东西!"

"住口,约翰,让阿波里娜说。"

"词,是很确切的东西,它指的是众多东西中的一个东西。如同一扇窗户,它只让您看到一小块花园。"

"说得好!"罗兰老师说,"我想听听别的同学怎么说。你们都变成了傻瓜还是怎么的?"

我们面面相觑。这是她的绝招之一:刺激我们。我们马上有了反应。

"词就像一个姓或一个名,它可以让我们知道人们在说些什么:是在说一匹马而不是一头奶牛。"

"词就是眼泪。"

"或者是爱情宣言。"

"词是帮助人们理解的工具。"

"或者是帮助人们做事的工具。"

"或者是帮助人们拒绝做事的工具。"

我们说个没完。

"词就像是邮票,像一幅小小的画,像是故事梗概。"

"它也许是我们最好的朋友!"

"总之,它使我们能够在餐厅里点菜。没有词,我们就会永远吃同样的东西。"

"它们是我的好伙伴,比仓鼠还好。"

"我们可以骑着它们,让它们带着我们飞奔。我喜欢它们胜于喜欢我的小种马。"

大家争先恐后地议论起来。慢慢地,我们都意识到了词语的用处。真是不可替代的朋友!我们这些孩子被宠坏了。我们使用某些东西,或得到了某些人的帮助,却丝毫不知道他们是如何竭尽全力为我们服务的。

这时,拉希达晕倒了,小小的身体躺倒在地。你们现在已经认识那个女孩,她有种种办法吸引别人的注意。

"天哪!"罗兰老师大喊。

"请让开一点,她需要新鲜空气!"

"把窗打开!"

"要我去喊护士吗?"我们班特别卖力的玛丽-泰莱丝大声地问。

拉希达用眼角扫了我们众人一眼,我们都把注意力集中在世界的中心(她身上)。她终于苏醒了过来,立起身,坐起来,声音坚定地说:

"今天说到哪里了?哦,对了,词语的重要性。老师得告诉我们她想干什么。战争是什么时候开始?"

让我们感到生气的是,罗兰老师原谅拉希达的一切,她的傲慢,她的怪异。好像智慧和滑稽(唉,两个无可争辩的特点)使她可以想干什么就干什么似的。

罗兰老师皱起眉头,想装出严肃的样子(但没有成功),她用手拍了一下讲台,说:"好了好了,继续上课!"

"在许多国家,许多时期,有些当局,有些宗教,有些政权对书很不信任,于是把它烧了。我们现在的遭遇比这更糟。"

"这是什么意思?"

"如果我们失去了词语,就用不着再烧书了,因为谁都不能讲述什么了。不能讲述,你们之间又怎么沟通呢?"

"这也许就是内克罗尔的目的。"

"也许。"

我扭过头。我从来没有见她这么严肃过。甚至连拉希达也不再像往常那样开玩笑了。

"老师,这很可怕吗?"

她慢慢地点了点头,点了两次。泪水流在了她的腮帮子上。

我们这些岛国的学生可不是好欺负的,不会任人宰割。

"我们要斗争!"

"要让破坏词语的人知道他们是跟谁在较量。"

"对我们来说,战争已经打响。"

罗兰老师激动地看着我们,看着我们这些勇敢的小战士。下午4点,下课铃响了,但我们的准备工作并没有结束。

"我开始做操。"

"为什么?"

"为了让身体更加强壮。一个战士,应该身体强壮。"

"你说得对。我也做。"

"你觉得女孩也能学拳击吗?"

"我要是你,我就学唐手。"

"好主意!"

"明天见!"

"明天见!"

La Fabrique des mots 045

第 5 章
受到巨大的鼓舞

在悬崖边的道路上,我们遇到了亨利先生,他是我们国家的歌手。

平时他总是笑眯眯的,现在却怒气冲天。

"你们听见内克罗尔说什么了吗?他说词语太多了!这让我们想起有些人说:音符太多了!他们不想有太多的音乐。自由太多了!活得太幸福了!我们有权得到多少个词?"

"12个!"

"可笑!太可怕了!我们也反对预制的音乐。商业性的音乐。超市里用的音乐,用来迷惑理智,然后让人随便乱买东西的音乐。"

"斗争结果如何?"

"商店里面一败涂地,在那里最大的赢家是酒!我在想,人们的耳朵怎么忍受得了。不过,我们到处都取得了胜利。词语幸存下来了。它们在空中,谁也抓不住它们,而且,我把它们收入我的音乐。"

他拿起吉他,手指按着弦。

"你们喜欢这个旋律吗?"

没有人回答。5分钟后,十来个词跑到了他的音符上,就像燕子飞到电线上。

当我上升的时候,我上升,上升。
我升到你身上。
我的心在跳,在跳,
快乐地跳动。

亨利先生的脸放光了。

"我是怎么跟你们说的?现在,去抓住词

语。能把它们装进笼子里的人才聪明!

　　他起身前往海滩,身后总是跟着越来越多的词,它们想分享他生活的幸福。

第 6 章
系谱树与白斑狗鱼

整个星期,罗兰老师都在继续上课。不用说,我们全都忘了那个臭名昭著的"大纲",它像一只老狗,孤零零地躺在柜子脚下。与此同时(我们赚了),我们却发现词语越来越美,越来越有趣。

"今天,我们将探索一座滑稽的森林。谁知道系谱树?"

像以往一样,拉希达首先举手。

"是笔直的树!"

"你为什么这样说?"

"因为从名字上来看,它们很符合逻辑!"①

回答这一说法的是哄堂大笑。

"哦,乱说!"

"啊,胡说八道!"

罗兰老师好不容易才让大家平静下来:

"还有别的更好的说法吗?"

"那是一棵冬天不落叶的树,"埃里克说,"就像冷杉,但比冷杉大。"

"从某种角度上来看,你说得有道理。"

现在,各种各样的回答层出不穷了。

"那是一棵假树!"

"一棵特别的树,在森林里找不到的树!"

"住着猴子的树!"

"锯不断的树,哪怕是用最锋利的锯子。"

---

① 法语"系谱"由 généa 前缀加 logique(逻辑)组成。

每个人都有自己的定义。罗兰老师感到很高兴。看到她又开心起来,这多让人高兴啊!她拍了拍手:

"谢谢,你们应该获得想象大奖。现在,得往前走了。系谱树是一棵纸树,它讲的是一个家庭的历史。最底下是树桩,那是出发点,两位老祖宗。所有的树枝都是从那里出发的,我是说所有的孩子:孙子,曾孙子……"

她一边说,一边在黑板上画。

拉希达觉得受到了侮辱,生气了,大声地说:

"这是哪里和哪里啊?这跟词有什么关系?它们也像我们一样有家庭吗?鬼知道!还说是我信口开河!"

罗兰老师的粉笔下出现了一条恶狠狠的鱼。我们马上认了出来。

"白斑狗鱼(brochet)!"

"它的祖先是一个拉丁词:brochus。它的意思是'有两颗尖齿突出'的东西。从这个词又衍生出 brochet 和 broc，因为那是一个尖底的长花瓶。brocard 呢，是指小鹿，当它的鹿角还是尖的时候；而 brocarder 则是指"对某人说尖刻的话，取笑他，批评他"的意思。

我们继续做树与家族游戏。

啊，动词"做"（faire，拉丁文是 facere）的子孙庞大：核实、牺牲、腐烂、果酱、传染、完善、因素、容易、不完善、坏蛋……

"献给"（offrir）这个词有两个拉丁词源：offere 意思是"呈献"、"展示"，另一个是 ferre，意思是"携带"。它们的孩子是"不同"、"喜欢"、"宣扬"、"区别"、"圆周"、"痛苦"、"献给"、"哺乳动物"（它们有两个奶子）、"多育"……

下午，我们课室的门慢慢地开了。

"白斑狗鱼！"全班大喊起来。

真的，我们的校长，他就像条鱼。

有好多次,我都好像透过靠走廊的窗子,看见他的尖脑袋晃来晃去。

毫无疑问,我们班里的一切都逃不过他的眼睛。

他甜言蜜语,向我们的女教师表示祝贺:

"听到年轻人的笑声是多么快乐啊!太好了,罗兰老师,你能营造出这么一种气氛!不过我要提醒你,也提醒你们大家,我亲爱的孩子们,你们要遵守'大纲'的要求。别忘了,你们一旦忘了,学监马上就会到来。你们知道他对这些会怎么说。"

幸亏,"白斑狗鱼"很快就关上了门走了。

否则,橡皮、纸团甚至墙上恰好插在动词变位表上面的圆规,都会像冰雹一样向他飞去。

一时间,罗兰老师犹豫了,不知道该生气还是该大笑。最后,她决定不作选择。

约翰举手了,在这之前,他一心想着足球。

"啊,老师,离下课还有20分钟。是不是再学一个词?"

看到罗兰老师的满意神情,大家真高兴。

那时,应该用相机把它拍下来,以告诉新

老师，教书并不像噩梦那么可怕。

"我们就学'震惊'（abasourdir）这个词吧，我喜欢这个词。现在，当一个消息、一件事让我们惊讶的时候，我们会感到震惊，我们是那么吃惊。以前，这个词的意思更强烈，它来自17世纪强盗们用的黑话'bassourdir'，意思是'杀人'，比如说：'你肯定杀死他了吗？'但abasourdir也吸收了动词assourdir（震耳欲聋）的声响效果：那么大的响声震得我耳朵都聋了。你们看，词就像我们一样，它们全都有祖先。"

第 7 章
观看死亡的语言决斗

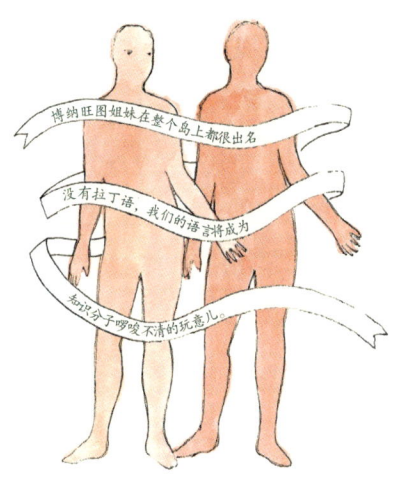

"白斑狗鱼"在操场上等我们。

"你们去哪儿?"

"市长的特别日子。我两个月前就请过假。"罗兰老师回答说。

"没错,我有复印件,但你注明是'游泳练习',可你的学生全都游得像鱼一样快……你一定有什么瞒着我。"

光凭这个他无法制止我们,于是我们用坚定的步伐,可以说像军人那样,雄赳赳地继续朝铁栅门走去。"白斑狗鱼"从后面追了上来。

"注意点,罗兰!校领导在看着您呢!"

"啊,太好了!现在,你们告发我了。"

他没有否认:

"如果你惹了麻烦,那也是我的错?我已经警告你一百遍了。"

✻
✻ ✻

博纳旺图姐妹在整个岛上都很出名,至少有两个原因。

首先,她们长得很像,像得让人搞不清楚谁是谁。她们虽然先后出生于 1924 年和 1925

年,但完全像是孪生姐妹:年轻时同样的面孔,80年后还是一样。她们的丈夫都是水手兼渔夫,甚至对同类型的女人(金发女游客)都不忠诚。他们死于同样的意外事故,前后相隔两个月(从船上落水,靴子里有水,喝了许多烧酒后,这是不可原谅的)。两个寡妇同样老,紧挨着住在两栋同样的小屋子里,面对着她们的敌人——大海。

她们光荣的第二个理由:不断地激烈争吵,或者说只争吵了一次,但从娘胎里出来后就没停过,而且很可能到死也不会停——她们在各自的棺材里还会互相对骂。"科莱特,你这个坏东西!""玛格丽特,你蠢得像驴!"

大家都会认为,她们的职业以及这个职业所要求的尊严会让她们心平气和。不!不!她们在西蒙·波里瓦小学当了36年教师,什么麻烦都没有,既没有被先后几任校长警告过,也没有被扣过工资,更没有被解雇和除名。她们随时都有可能走出教室互相对骂。"科莱特，你这个阴险的人！""玛格丽特，你的嘴真臭！"

除了这个很让人讨厌的缺点，她们应该说是很好的老师。所有的考试成绩都很好——升学，拿到小学毕业文凭，中学毕业文凭……

"老师，一定要访问那两个疯子吗？"

"岛上没有一个人比她们更了解希腊和拉丁语词根。而且，我们已经没有词典……再说，她们也不年轻了。与老人打交道要趁早，否则，他们不是死了就是糊涂了、忘记了。"

我们经过的时候差点没有看见她们，因为她们的身材太矮小，穿着和石头一样灰色的裙子，缩在长凳上。幸亏，她们吵吵嚷嚷的声音暴露了目标。她们一边织毛衣，当然也在一边互相对骂：

"玛格丽特，你真虚伪！"

"科莱特，你有病！"

总之，刻薄让她们永远年轻（她们年轻的时候就这么刻薄）。她们很快就认出了罗兰老师，那是她们以前的学生，很让她们失望的学生。

"啊，别那么一副傻傻的乖样……"

"闭嘴吧，愚蠢的科莱特，看你这辈子混的……"

大家把情况讲给了她们听：火灾，内克罗尔的单子，向词语宣战。她们的反应我们可以料到，她们举起拐杖："我们是什么时候开始吵架的？"唉，和解持续不了多久，两人又对骂起来。

"别听我妹妹的，乡巴佬才讲拉丁语。只有希腊语才有价值。"

"天生的笨蛋。没有拉丁语，我们的语言将成为知识分子啰唆不清的玩意儿。"

"你说什么？"

得把她们拉开。

并且利用她们之间唯一的区别。喜欢拉丁

语的老大（科莱特）早上（11 点到中午 12 点）睡觉，而喜欢希腊语的玛格丽特则下午小睡。

就这样，我们在注意时间表的前提下，终于学会了"与词根游戏"，正如罗兰老师喜欢说的那样。

谢谢，玛格丽特！

我们太应该谢谢她了。

你们知道"马厩"（écureuil）这个词是从哪儿来的吗？是从希腊语 skourios 当中来的，意思是"用尾巴制造影子"。

为什么选用"datte"这个词来指那种黏糊糊、味道像蜜糖的水果呢？因为它像手指（希腊语是 daktulos）。

为什么把单峰驼（我想提醒那些不读书的人：只有一个驼峰）写作"dromadaire"？因为希腊人，还是那些希腊人，认为它是跑步健将（dromas）。

为了不引起妒忌,也要谢谢科莱特。没有她,我们永远不会知道"马"(cheval)和"方程式"(équitation)是从哪儿来的,它们来自两个拉丁词 caballus 和 equus。

还有"家"(domicile),当然是来自 domus,但"屋子"(maison)也指 villa(如果屋子大的话)和 casa(如果是座小木屋)……

"希腊语太遥远了,"科莱特不断地对我们说,"大部分词直接来自拉丁语。我敢肯定你们能找到它们。"

"我不知道 gratis 和 lavabo 是什么意思。"

"太好了!还有吗?"

"Pollen 和 quiproquo。"

"你们看,我们并不需要希腊语。"

我们说她说得对,免得她生气。啊,管它呢,哪怕玛格丽特醒来,发现我们正跟她的野蛮姐姐在一起。

不过,是玛格丽特让我们知道希腊语是最重要的。

就这样,我们开始一边"与词根游戏",一边创作了我们最初的词。

既然 potame 的意思是"河",hippo 的意思是"马"(就像菲利普[Philippe]这个词一样),hippopotame 就是"河马"。如果我告诉你们说 terato 是"魔鬼",你们怎么创造"河中魔鬼"这个词呢?好吧,这次我给你们答案:teratopotame。现在,轮到你们来玩了。

Drome 是赛马的场地。

Pithekos 是猴子。

组织猴子赛跑(想象中)的场地怎么说?

谢谢科莱特,谢谢玛格丽特!

啊,这些游戏我们玩得多开心啊!

罗兰老师激动地笑了:

"现在，你们明白什么是我们的语言了，我想这么说：什么是我们的语言？一个有生命的东西，来自非常遥远的过去，被其他语言的无数礼物一年年丰富。"

我们诞生了一个个志向，就像雨后的蘑菇。

"以后，我要去创造语言。"

"我去研究 archéolangue。"

"什么意思？"

"archeo 这个词的意思是'古代'，就像在 archéologue 这个词中一样，logue 的意思是'知识'。不该让我来教你吧，老师！所以，archéolangue 就是'研究古代语言的人'。"

"我们可以说得更准确些：古代语言学者 archéolangologue。"

"这就太复杂了。"

金发罗兰的脸上浮现了红晕，你们应该都还记得，这表明她太激动了。

她说不出话来:

"啊,孩子们,你们给了我多大的快乐啊,我的孩子们!"

她差点要哭了。

就在这时,我,让娜,看见了自己的前途。当然,还会有不少艰难的日子,有拉希达、德尼那样的人,有太聪明或太笨的学生,还有一些让人难以忍受的家伙,但还有什么职业比教师这个职业更吸引人呢?

第8章

发现了让人不安的地图

一个星期后,罗兰老师宣布,她准备带志愿者去法庭参观。

起初,大家都想去。

"我想看看被审判的人。"

"尤其是被判死刑的人。"

罗兰老师给大家泼了一盆冷水。

"也许有一天,我们也会因为捍卫词语被送上法庭。不过,那时是因为爱。"

"多麻烦啊!"

"我不去。"

所有的男孩都溜走了。除了菲利普,他害羞得几乎病态。

✻
✻ ✻

路上,罗兰老师对我们说:"你们将看到,保卫词的人不全是士兵,我会向你们介绍一些用温柔进行战斗的人。"

"行吗?"

"让娜,你要知道,很少人能抵挡得住真正的温柔。你知道'温柔'在词典上是怎么定义的吗?'一种安静和甜蜜的快乐。'你能抵挡得住安静和甜蜜的快乐吗?"

在墓地门口,我注意到总有些咖啡馆和酒

吧,以振作生者的精神。同样,在法院前面,在我们用来惩罚坏人的白色石头大蛋糕前,两家咖啡馆在进行激烈的竞争。

第一家很出名,在每本旅游手册上都能找到。顾客有本国的,也有外国的,大家用相机拍摄色彩鲜艳的外墙,黄的,绿的,红的,男男女女围绕着"快乐离婚"这个店名跳舞,有人觉得大胆,有人觉得是炒作。

律师及其顾客,一对对布满伤痕的夫妇,在出庭之前先去那里坐坐。人们见到了不可思议的打斗,就像上次那样,一个十分矮小的老

太太用叉子插进了她未来的前夫的脖子,然后才平静地对警察说:

"我忍了37年!他是一个伪君子。"

现在,快乐离婚酒吧里洋溢着忧伤宁静的气氛,因为老板雇佣了两个壮汉(晚上,他们在未成年人严禁入内的夜总会把门,因为在那里面做什么都可以)。嗓门一大,有人刚想用拳头或手掌打人,那两个彪形大汉就跳起来,前情侣马上尴尬地表示道歉。老板(计数器显示五人离婚,他喜欢这样重复)冒出一个念头,给所有刚刚离婚、从法庭出来的人送一杯啤酒。

"欢迎重新单身!"

有人拉起手风琴,服务生像过生日一样唱起歌来。但没有以前的气氛了,很多人都怀念打架,那要有趣得多!

"甜言蜜语"(第二次机会):第二家咖啡馆

取这样的名字只会让人嘲笑和讥讽。

男女老板当中,是谁丧心病狂地想起来在这个地方开咖啡馆?又是谁实施了这个(几乎可以肯定)危险的计划,不怕失去所有投下的钱?

是那个叫玛丽耐特的女人,还是那个叫马塞尔的男人?还是两人在许愿之后同时干的?他们本人能够逃过离婚的命运吗?消息灵通人士说他们是再婚……两人离婚之后又……复婚了。

全岛的人都在说,那家咖啡馆拥有谁都弄不明白的神奇本领。"创造了奇迹",人们就是用这个词来形容那些治好绝症的医生的。

可以举出20个、30个例子,有的夫妇在去见法官之前偶然来到这里,因为"快乐离婚"咖啡馆里人太多,挤不下。未来的前夫和未来的前妻坐在椅子上,互不理睬,充满了仇恨和冷漠。可一个小时后,他们手拉着手离开了,律师在后面追。

"可法官在那里等我们呢！我该怎么对他说？"

"就说我们不离婚了。"

"啊，是吗？为什么？"

"我们重新相爱了。

"那谁付我钱？"

"让对面那家咖啡店的客人付，想离婚的那些人！"

我们跟着罗兰老师快步进了门，都像菲利普那样胆战心惊。

"你们不怕魔法吗？"

"啊，不怕，老师。"

"很好。让我们设法来了解一下这地方究竟发生了什么事情。"

桌上堆着奇特的桌布。好像是地图。但画的是哪个国家呢？

我先是看到三条河穿过其中:"低头"、"尊重"和"感激"。

这些河流的名字太滑稽了。

滑稽的国家!因为我刚刚得知它的名字,用大写字母写着,都差不多磨得看不见了:"温柔国"。

为什么放在这里,放在这家咖啡馆里,面对让人忧伤的法庭?

行行好,罗兰老师。我们讨厌猜谜,我们需要你的帮助!

"从前,"她小声地说,怕打搅我们周围的那些夫妇,"很久很久以前,在17世纪的时候,路易十四国王统治的时候,有些妇女想知道什么是爱情。"

"我也很想知道!"

"现在,拉希达,你也终于有不知道的东西了。"

"别说话,否则我就不说了。那些妇女开始

思考她们的生活,并给了一个画家一些提示。想象中的'温柔国'就这样诞生了。"

"太棒了!可为什么要给那些河流取这些名字呢?'低头'是什么意思?"

"这是针对某人的一个动作,也许是针对爱人的。我们也可以说是爱慕①。"

"'尊重'呢?'感激'呢?"

"'尊重'在这里的意思是对某人的评价很高,尊重他的价值;而'感激'既是发现某人的优点,也是感谢他所做的好事。"②

"这些都是表示爱的词吗?"

"当然!一个人,如果你都不愿走近他,不崇拜他,不想认识他,你怎么会爱上他?如果

---

① 法语中"爱慕"(penchant)由动词"弯腰"、"低头"(pencher)演变而来。
② 法语中,estimer 既有"尊重"的意思,又有"认为"的意思;而"感谢"(reconnissance)这个词则来自"承认"、"发现"(reconnaitre)。

你不爱他,你就会掉进冷漠的湖中。你们看见那个湖了吗?"

"温柔国"已经预料到一切!正如你们可以想象到的那样,我的小同学们马上就争先恐后地评论起来。

"比如说,拉希达,希波里特对你只有冷漠,尽管你老是用跳舞引诱他。"

"别乱说!"罗兰老师轻声地制止道。

"大海呢,它到这个爱情国来干什么?"

"大海意味着激情,意味着危险。"

"你呢,老师,你经历过危险和爱情吗?"

"拉希达,请闭嘴!"

可怜的罗兰老师!这下,她的脸上又浮现出红晕,金发美女皮肤白皙,脸红起来就像个伤口,无法遮掩。

"甜言蜜语"(第二次机会)咖啡馆坐满了人,一张空桌都没有了。各年龄段的男人和女人都跟我们一样,弯着腰在查"温柔国"的地

温柔国

地图

图，用手指沿着三条河流往前找。有时，他们的额头撞在一起；有时，他们的手指会相碰。这次，我用极低极低的声音问：

"这张地图是个陷阱，是吗？"

"让娜，我宁愿说，这是一台'和解的机器'。夫妻们经过残酷的搏斗，又恢复了宁静。"

"找回了关于爱情的词语。"

"一点没错，菲利普。"

"你们觉得，如果没有表示爱情的词语，爱情还会存在吗？"

"我认为不会存在。如果两人之间都不说话，爱情也就死亡了。"

"你已经知道这一点，老师！"

"拉希达，你能闭嘴吗？"

✻
✻ ✻

被认为是马匹的朋友的菲利普，出来时与

我们这些偷懒的人不同。尽管他还远远没有战胜自己天生的羞怯,但已经可以给人以一些信任感了。

"我会花些时间的。"他对我说。

"花时间干吗?"

"掌握关于爱情的词语。"

"然后呢?"

"我将用我的耙来报仇!你们这些女孩,所有的女孩,将像苍蝇一样落在地上。"

在我们参观那里的两个星期后,警察查封了"第二次机会"咖啡馆,说他们卖酒给未成年人。律师们也来支持内克罗尔,他们不会失去其主要收入来源的一小部分:离婚。

第 9 章

让人想起电视真人秀

在这期间,那 12 个官方词语怎么样了呢?你们还记得内克罗尔只允许我们使用的那 12 个动词吗?它们被强行安置在总统官邸的一翼,有个星期六的晚上 8 点半,它们代替我们所喜欢的滑稽的节目("与蠢人一样歌唱"),在我们的国家电视台展示了它们奢侈的生活。

睡,懒洋洋地瘫在奶白色的皮沙发上,开心地看着对面扁平的大电视机。

吃，坐在桌前吃大餐，有龙虾蘸沙拉酱和烤得金黄的羊排。

结婚，一件件婚纱和一个个冠冕发饰让人心花怒放，裁缝们手舞足蹈，使劲向它解释，动作夸张，语言难懂（我的意思是说"晦涩而怪异"）。

撒尿，在一个闻所未闻的豪华厕所里撒尿：地面和墙面都是大理石的，洗手盆的水龙头是镀金的，抽水马桶的链条是仿银的，马桶框是桃花芯木或是桑木的，总之是用名贵的木材做的。一个头发抹油、改行演戏的旧政客，在拉美爵士乐比赛中获胜后对我们说，天花板里会传来一阵阵玫瑰香。

如此，等等。

出生（带空调的摇篮），与国王和临产的王后同等待遇。**死**（费拉利跑车那种样子的棺材）。**喝彩**（把欢呼声录下来）……

这些神奇而可笑的东西贵得不得了。

内克罗尔毫不吝啬。他想以自己的方式，粗俗而强暴地让我们讨厌别的词。那12个词应该足以保证我们舒舒服服地过上明星般惬意而富有的生活。

但他未能如愿以偿。

我们从来不会错过看电视。星期六，全岛的人都急忙来到自己古老的电视机前。那些电视机往往都跟餐桌那样大，人们得在上面用掌心用力拍打，否则画面不稳定。节目一开始，我们就大笑起来，像往常一样大笑，我们从来不会不笑。

因为那12个词在王宫里烦恼死了，它们全都大张着嘴打哈欠。

如果你不能对自己所吃的东西作任何评论，说都不能说，又怎么能吃出味道来呢？这不等于连那些词一起吃掉了吗？红皮白萝卜、牛油果、醋、浮岛、黄道蟹的肉、和胡萝卜、洋葱一起煨的嵌猪油牛肉、酒焖葱蒜兔肉、威廉斯梨奶油布丁……

全岛都笑了。全岛人都在大笑，不管是老人还是新生儿。从片头字幕开始到"完"这个灿烂的字出现，他们一直在笑。

如果你感兴趣，我可以给你找找关于那12个幸运词的录音。一个月以后还给你的体操老师。

你们会笑得人仰马翻，腹部肌肉不用再练了。

第 10 章
TDM 行动

每天上学时，我都会经过"珍稀鸟类贩子"的旧城堡。我还记得，他给我看过他的几个宝贝：一只毛里求斯岛的绿鹦鹉，一只地中海巴利阿里群岛海鹦，一只七岛群岛的海鸭，一只呱呱叫的鹰……至少在 5 年前，他终于被抓了，自那以后，那些房屋便成了废墟。他很快就从我们的监狱（一个漏勺）里逃出，此后便再无音讯，也许是躲到别的星球上去了。这个城堡的中心是一艘巨大的帆船，大得就像自由。辉煌时期，那个走私犯收藏了全世界最丰富的羽类动物。

可怜的帆船，自从这个地方的主人走了之后，就变得千疮百孔。有人说，里面本来还有几只鸟，但不愿意利用这个机会从笼子上变得越来越大的洞里逃走，后来饿死了。忠诚的不仅仅是狗。

现在，工人们开始修补这个被遗弃的大笼子。他们用大量带刺的铁丝网把洞补上，又换掉生锈的柱子，拔掉到处疯长的杂草，还砍掉了那两棵穿透屋顶的大树。

我走到工头模样的人旁边，问：

"走私犯回来了？"

"如果有人这样问你，小姑娘，你就说，你什么都不知道。"

我突然想起来他是谁了：

"帕布罗叔叔，你不认识我了？我是让娜，你的远房侄女……"

"啊，你们这些女孩，长得真快！我都认不出你来了。"

"那就告诉我吧，我不会到外面乱说的，发生了什么事？"

他迅速向四周扫了一眼，就像一头受惊的野兽，想肯定没有人听到我们说话。他手下的工人们忙得很，于是，他轻轻地对我说：

"TDM秘密工程。好了，赶快走！"

那天，我一直在等下课，脑子里翻来覆去在想那三个字母是什么意思。去问问罗兰老师吧！

"TDM，TDM？"

她也解不开这个谜。

"肯定是内克罗尔又在干坏事了。哎，时

间不早了。我得走了。今晚睡觉之前好好想想吧!梦中出真谛。"

图皮-拉瓜拉尼

罗兰老师又一次说对了。真相在夜里出现了。不过,跟我们想象的不一样。

第二天上午,我想回到帆船那儿,但很快就被拦住了,几个警察不让我进去,可我还是听见了里面的嘈杂声。有人猛烈地摇动铁门,尖叫着,大喊:

"放我出去!"

"我们做了什么坏事?"

"为什么是我们而不是别人?"

"我们世世代代都住在这个小岛上!"

滑稽,鸟会说话了。

突然,我听见有人喊我的名字:

"让娜,我认出你来了。你经常来我这里买东西。"

我抬起头,看见了"杏子"这个词,它已经爬上了中间的那根柱子。

"快去通知大家,我被抓了。"

"我也是。"糖也来到杏子旁边。

"还有我!"代数说。

在被警察赶走之前,我产生了一个羞于承认的坏念头:最后这个词,也就是"代数",我可不想理它。我的数学成绩太差了!对,让"代数"见鬼去吧!

"老师,老师!"

"出什么事了,让娜?你平时可不迟到!"

"老师，老师！"

"冷静点，让娜。"

全班的同学都静了下来，我终于说出了事情的原委。

罗兰老师点点头：

"你证实了我得到的消息。昨晚，警察利用夜幕，把所有来自国外的词都逮捕了。"

"可这样做很蠢。这是徒劳的！你告诉过我们，我们的语言当中有许多外来词。"

"语言就是由很多东西编织而成的。"

"一个大拼盘。"

"很好，孩子们，你们明白了。可现在怎么办？"

经过商量，我们决定先拯救还没有被捕的词。

"我可以在家里藏5个，藏在鼹鼠的笼子里。"卡米尔说。

"你觉得它们在那里会舒服吗？"拉希达笑

她,"词是忍受不了恶臭的。"

"我要10个。"希波里特提出来说,"我的父母有个很大的书房。不过,那是炫耀用的,他们从来不看书。我把它们藏在书架后面,它们不会受到打搅的……"

班里沸腾到极点,最后打了起来。

"其他词怎么办?帆船里面的词,怎么拯救他们?"

"我们可以找老鹰帮忙。当它们从空中俯冲下来,伸出鹰嘴和鹰爪时,我吓坏了。没有什么能抵挡它们。"

"好啊,可有谁认识它们呢?"

奥诺莱娜举起了手。

她父亲虽然很懒,但很聪明,成功地驯服了几只鹰,让它们为他捕鱼。

"危险的是,它们会把自己捕获的东西吃掉。"

"舍不得孩子套不到狼。"

"干!"

"干!"

警察没有进屋,他们还没有接到入室搜查的命令。马路上凡是显眼的外国字都被刮掉了,比如说,写在横幅和木板上的字,耀眼的广告牌上一闪一闪的字:bistro("饭馆",来自俄语)、cotonnade("棉花店",来自阿拉伯语 qutun)、sucrerie("糖罐",来自拉伯语 sukkar)、ananas("菠萝",来自图皮-拉瓜尼语)、magasin("商店",来自阿拉伯语 makhzin)。

"老师,如果我没弄错,许多词都来自阿拉

伯语?"

"你没弄错。在15世纪、16世纪前,阿拉伯世界在艺术、科学、哲学、技术和农业方面都高度文明。由于他们占领过西班牙,所以一度成为我们的邻居,他们的一些词也就传过来了。"

"就像现在的美国影响我们一样?"

"一点不错。"

必须抢在内克罗尔的别动队之前。有的词不愿意跟着我们,觉得我们碍事。还有更糟的,喝了酒之后,骂我们的老师:"小姐,不好好看着自己的学生,这可不好。"罗兰老师把情况向它们解释了,但白费口舌,它们不相信有人会疯狂到这种程度,采取了这样的措施。

但我们的行动获得了很大的成功。粗粗一算(天亮的时候),我们已经从帆船里救出了不少于150个外国词。

我们把一个谷仓改造成卧室。眼下，它们都在那里休息。那情景真动人啊！

罗兰老师轻声给我们讲述它们的祖国，它们的历史。

柴油（diesel）和跳舞（danser）是德国来的，轻骑兵（hussard）是匈牙利来的，海啸（tsunami）是日本来的，大灾难（avatar）和睡衣（pyjama）是印度来的，小酒馆（cabaret）和绶带（ruban）是荷兰来的，内院（patio）和克里奥人（Créole）是西班牙来的，大豆（soja）和茶（thé）是中国来的，协奏曲（concerto）和中二楼座（mezzanine）是意大利来的，加油站（essencerie）是塞内加尔来的，速度监控装置（vigiler）是马里来的……

我不一一列举了，数不胜数。Dorade（剑鱼）、Garrigue（加里哥宇群落）、Mascotte（吉物）来自普罗旺斯语……甚至还有古词，高卢时代的词：alouette（云雀）。由于罗兰老师的母亲是布列塔尼人，所以她对来自家乡的词特别感兴趣："扫帚"之所以写成 balai，是因为人们经常使用一种染料木的树枝来扫地，那种灌木就叫做 balan；"海鸥"之所以写成 goéland，是因为那种海鸟叫起来很像是在嘲笑或是呻吟；而"哭泣"在布列塔尼叫 gwelan；"某种语言讲得蹩脚"写成 baragouiner，是因为布列塔尼人在小酒馆里要面包（bara）、要酒（gwin）……

第 11 章
造词不是为了赚钱

"老师,老师,如果我们发明一个词……"
"你想说什么,约翰?"

"……我们就是它的主人吗?"
"当然不是。"
"啊,是吗?我做梦都想。那它属于谁呢?"
"属于大家。"
"不能因为发明了词而赚钱?哪怕这个词

非常智慧,或者非常滑稽,每天都有数千、数百万的人在使用?"

"即使这样也不行。"

"那为什么要绞尽脑汁来创造词呢?"

"这能让人感到骄傲。"

"怎么个骄傲法?"

"感到自己比别人想象的更伟大。当你达到一个目标的时候,你会感到心中暖暖的,就像突然升起了一轮太阳。不是吗?"

"等等,让我想想我最近实现的目标,昨天以后实现的目标。一个美好的目标,踢足球时我来个倒钩球。好吧!我感到了什么?一个太阳?真的,我好像感觉到了。但这跟我们现在说的有什么关系呢?"

"当你创造了一个词,你就等于照亮了黑暗中的东西。你把曾经模糊的东西说清楚了,你把凌乱的东西理清了,你创造了本来不存在的东西。"

"好吧好吧，这很美，我很愿意这样，也许还很有用，但我更希望能赚到一些钱。"

"那就从创造开始，如果你有能力创造的话。好啦，我们今天劳动得多了，理应得到课间休息！"

话音刚落，我们就已经站起来，你推我搡朝门口走去。

"慢点慢点！"罗兰老师大声地说，"我说的是在这里课间休息，在班里，不是在操场上！"

毫无疑问，我们当然都埋怨起来。

"我们来打个赌，肯定比你们的游戏有意思。"

"那就试试吧！"

"我们大家一起来创造一个词。"

"太闷了！"

"你已经输了一局！"

看到我们失望的样子，罗兰老师很开心。

"给我5分钟,如果我失败,我就让你们走。"

"同意!"

"谢谢。听好了。我们要创造几个词,是因为我们需要它们。需要指明一些事物、动物和情形。都听明白了吗?"

"听明白了。"

"假设有人问我这样一个问题:'我什么时候可以课间休息?'"

全班人都叫起来:

"Toute de suite(马上)!"

"我明白,但我不满意,你们说的'马上',字母太多了,正如内克罗尔所说的那样。我想创造一个更短的词。我该怎么办?"

一阵沉默。

噘着嘴。

大家都想不出来。

罗兰老师说:"马上,即刻,意思是我抓住

时间,不让它跑掉。"

我们全都点点头。

"到现在为止都没问题。"

"我怎样才能抓住时间呢?"

大家七嘴八舌地回答:

"用手表。"

"不对,手表是用来告诉我们时间的,它抓不住时间。"

"用网?"

"猪脑袋,格温纳埃尔,那时间不都从网里漏光了?"

罗兰老师不高兴了:"请大家互相要礼貌。"

"那就用堤坝?"

"你见过用墙来阻挡日子的吗?"

"为什么不干脆用手呢?就像在沙滩上抓起沙子一样。时间,不就是漏走的沙子吗?"

罗兰老师走到那个说话的女孩旁边,好像要拥抱她。

"很好,艾莱娜!我总结一下:用手来抓住时间。给'抓住'(tenir)这个词选什么时态呢?当然是现在时。所以,我们采用现在分词形式tenant。你们加上一个'手'(main)字,就成了'现在'(maintenant)。词创造完了。"

"啊,太有意思了,老师!"

"你赢了。"

"这课间休息太棒了。"

"下课铃响了!"

"我们不想出去了。再创造一个词怎么样?"

第 12 章
前往造词厂

"后天 10 点学校门口见。"

"可是,老师,如果我没算错的话,后天是星期天。"

"没错。对付一下吧!找个借口。"

"你想强迫我们撒谎吗?"

"先告诉我们去哪儿?"

"你们很快就会知道的。"

✻
✻ ✻

星期天，到了约好的时间，没有一个人……你们听好了，23个学生当中没有一个人爽约。

我们在山坡上走了很长时间。不断地检查是否有人跟着我们。听到直升机螺旋桨一颠一颠的声音，我们就赶紧躲在绿色的橡树底下。

"还很远吗？"

拉希达筋疲力尽了。舌头可以不知疲倦地一直动弹下去，但大腿却受不了。

"哎，老师，我们现在已经远离了一切……"

"……没有任何人偷听我们了……"

"你可以告诉我们……"

"……我们去哪儿？"

"最重要的是，是否很快就要到了？"

罗兰老师转过身看了看。没有任何人。于

是，她轻声地说：

"旧金矿。"

大家激动地叫起来。

"这主意太棒了！"

"老师，你太厉害了！"

"我一直梦想去那里。"

"轻点，会被别人听见的！"

总之，大家一片欢腾，直到阿波里娜破坏了大家的快乐。

"不是在为它打仗吗？我不知道你们是否已经忘了，我们正处于战争之中。"

"对呀！"

"她说得对！"

"老师，我们为什么要来散步而不是去打仗？"

罗兰老师趁大家都很开心的时候回答我们说：

"你们知道矿里有什么吗？"

"什么都没有,因为它已经被废弃了。"

"也许有几只郊狼?"

"肯定有蝙蝠。"

在告诉我们之前,她又让我们压低声音:

"工厂就隐蔽在矿里。"

"你说什么?"

"你们还记得吗,内克罗尔在宣布只允许使用那12个词的同时,关闭了工厂?"

"什么工厂?"

"造词的工厂。"

"因为真的有人在做这一工作?"

"当然!人们每天都制造出新产品,得给它们起名字。内克罗尔认为这项工作没有任何用处,把英语单词拿来用就够了。"

"慢慢地,我们就失去了自己的语言。"

"这正是他所希望的。这样做生意合算,但创造新词的人顶住了。哪怕没有工资,哪怕白干。是这样吗,约翰?他们继续创造。当警察把他们赶走的时候,他们躲到了……"

"……躲到了金矿里!"

内克罗尔根本不可能在这里找到他们。这是一座破旧的哥特式建筑,刮一点点风,屋顶就成片掉下来。

"我给您带援兵来了。"到了那里,罗兰老师说。

"太好了,孩子们!首先通过你们的小学毕业考试,然后是中学毕业会考,快快加入我们的队伍。"一位十分有风度的先生说。他一头精心梳理的白发,米色的衣服和衬衣,绿色的领带,白色和红色的双色布鞋。

十来个志同道合的人围在他身边,看起来像是教师,大部分都戴眼镜,男的大胡子,女的扎小辫,最后还有一对年轻的夫妇,金色的头发,古铜色的皮肤,我觉得他们应该是冲浪运动员。(他们以前真是冲浪运动员,正如我们后来所知道的那样：我们可以同时喜欢词语和海浪，这一点都不矛盾。)

"你们听见了吗？"那个风度翩翩的人问我们。

各种流动声沿着墙壁落下来，盖过了水声。一个小钟每隔两三秒就会叮当响一次，好像是从放在一张酒吧椅上的电脑中发出来的。

"钟声每响一下就告诉我们，来了一个英语单词，该由你们在我们的语言中找到相应的词。"

"我吧，我把这台电脑叫做'瞌睡'，它太让人泄气了。"

那个风度翩翩的先生笑了。

"它妨碍我们睡觉。"

"毫无疑问！"

必须承认，我感到很失望。为了创造今天的词语，我以为有很现代的技术，有机器，有飞毯，有集成电路，结果却什么都没有，只有几个金属书架,上面放满了劫后余生的词典。在一张桌子上,放着两个盒子,一个写着"前缀",另一个写着"后缀",地上有三个装满字的箱子,从左到右分别是"希腊词根"、"拉丁词根"、"来自其他语言的词根"。

"我们不想打搅您太长时间,"罗兰老师说,"可您能不能告诉我们您是怎么做的?"

"非常愿意,"风度翩翩的那位先生说,"最重要的是要了解这个词描述什么。比如,E-mail 是什么东西?是一封不是通过邮局而是通过电子传输系统送达的邮件(courrier)。也就是说,一封电子邮件(courrier électronique)。这样,我们就找到了 courriel(电子邮件)这

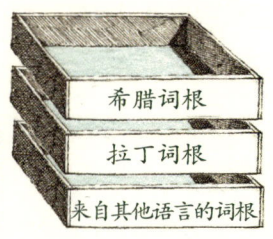

个词。"

我们都鼓起掌来。

"同样，carsharing 在英语里指的是'共同享有汽车，以节约汽油费'。你们说 covoiturage 这个词怎么样？'co'来自拉丁语'cum'，意思是'和'、'与'，'voiturage'是汽车。"

"就像是一个造房子的游戏。"

"这就是一个造房子的游戏！不断继续下去的建造。你们知道 IBM 是什么意思吗？"

"大信息公司？"

"没错，它发明了一台自己觉得颇有前景的超级计算机：computer。1955 年，他们请一个拉丁语专家给它取了个法语译名。我们应该记住他的名字：雅克·佩雷。你们现在每天都在用的一个单词就是这样诞生的。你们猜到是哪个词了吗？"

"等等！"

"没别的可能，只能是……"

"我猜到了,当然是 ordinateur 啦!"

"太棒了。你们当中有黑客吗?对不起,我是说 net,不,toile(网络)强盗。"

希波里特举起了手,我绝对没有想到他会举手。

"你看见那里的那位年迈的先生了吗?就是他创造了'logiciel'(软件)这个词。不得不承认,这个词比'software'更动听!"

"先生,先生,我可以问你一个问题吗?"

"请问。"

"为什么引进来的都是英语单词?你们就没有别的语言可以翻译吗?"

显然,希波里特触到了一个疼痛区。那位风度翩翩的先生皱起眉头,深深地吸了一口气,好像准备潜水似的:

"从前,很久以前,16世纪,17世纪,18世纪,法语是给别的语言贡献词语最多的语言,而现在是英语……"

他耸耸肩。

"……很丢脸了。不过,事实就是如此。"

"为什么……法语会衰落成这个样子,而英语会取得那么大的胜利?"

"因为使用英语的国家,首先是美国,经济上最强大,科学也最发达。发明得越多,发现得越多,要说的东西也就越多,所以要找到词来表达它们。"

"法国应该惊醒!"

"说得对,否则会受人摆布,这一点儿都不奇怪。"

"您很快也会采用许多中国字吗?"

"已经开始了。"

我们的造词者朋友向我们展示了来自铃铛形电脑的最新订单：spamming（垃圾邮件）为什么不译成 arrosage 呢？ downsizing（缩短尺寸）为什么不译成 réduction de taille？不过这个词太长了。job date（工作日期）为什么不译成 embauche minute 呢？最神秘的词是：whistleblowing。

这是什么玩意儿？

那位风度翩翩的先生向我们解释说，这个词的本义是"吹"，"吹哨子"。但实际上是说，公司职员透露他所参与的诈骗和恶作剧。

我马上就建议用"dénonciation"（揭发）。

我谦不谦虚又有什么关系！我得实事求是

地说，我的发现赢得了大家的鼓掌。

"老师，我们能留下不走吗？"

"我们在这里太开心了。"

"我知道用词语可以造句讲故事，但我不知道词语自己也是被创造出来的。"

"就像汽车。"

"就像房子。"

罗兰老师多给了我们一个小时。

"一分钟都不能再多了。否则，你们的父母会担心死的。"

"让他们尝尝厉害。"

"他们说话乱来。"

"一点都不注意我们的词语。"

"要让他们丢丢脸。"

"写一些很漂亮的歌。"

"很漂亮的书……"

"他们有珍贵的东西。"

"自己却没有意识到。"

我们很快走到铁桌旁边。

"风度"给我们派来了他的助手,据他说,那是"一个有世界影响的女语法家"。我还记得,那是一个身材修长的女士,严肃(从她剪得短短的黑头发可以看出)与欢乐(从她总是愉快的目光中流露出来)在她身上搏斗。

她指着高高地放在桌子和椅子之间的一个大箱子,对我们说,里面放满了词,不过,那是一些最简单的词。她将告诉我们如何用这些词来创造别的词。

"谁先开始?你?你叫什么名字?让娜?很好!来吧,别害怕!"

我把手伸进去,然后慢慢地移动手指。一个小小的词在我的掌心怯生生地望着我:bras(手臂)。

"很好!"具有世界威望的那个女语法家对我说,"找得不错!现在,找个前缀。"

"找个什么?"

"前缀。那是一个小小的东西,粘在一个简单的词前面,补足它。你看!"

桌上有好多组字母,它们好像有点孤独、孤单:anti, archi, hyper, néo, poly……

"试试这个怎么样?"

她指着一个 em。

我用拇指和食指小心地抓住它,把它放在我刚才从箱子里拿出来的那个词前面:embras。

"这个词让你想起了什么?"

"拥抱!"我脱口而出。

当然,我羞得满脸通红,引起了一片咯咯声和嘲笑声。

"哦,让娜!"

"哦,她恋爱了!"

"爱上谁了?啊,她故弄玄虚!"

语法学家没等大家嘲笑完就说:

"我们继续!现在轮到后缀了。"

"又来了一些新动物?法语真是太复杂了。"

"恰恰相反,你会看到这非常简单。"她拿起 embras,把它放在另一张放满单词的桌子上:ure, esse, isme, eur, ien, aire……

"好了,你还等什么?你只需在其中选一个,把它放在 embras 后面。"

我试了试，起初没有成功：

embrasatrice

embraserie

embras oire

这样拼起来没有任何意思。

后来，我终于成功了：embrasade。在后面加个 s 就可以了，任务完成了：embrassade（名词，拥抱）。

同学们不放过我。

"这个让娜，情迷心窍了！"

"她一心想着爱情！"

可我不理睬他们，而是沉浸在自己的幸福当中。是的，词慢慢地、一步一步地创造出来了。

两只胳膊：bras。

在这两只胳膊当中：embrasser。

两个人都在对方的胳膊当中，这一动作便是：embrassade（拥抱）。

在我们周围，人们笑个不停。大家都想试一试，纷纷把手伸进放着简单的单词的箱子里，然后跑到放着前缀和后缀的那两张桌子旁边。

希波里特想让大家分享他的发现：

"看哪！ brouiller（弄乱）是 brouillard（雾）的小兄弟。它其貌不扬，但我们可以创造出 débrouiller（整理）、 débrouillard（机灵的人）和 débrouillardise（善于应付）！"

拉希达这一次很专心，一下子就爱上了 gel 这个词。起初，她想到了人们抹在头发上、让头发变得听话的透明发胶。

但这个词的另一个意思也让她觉得有趣：当温度降到零摄氏度以下发生的事。应该说，在我们的这个赤道小岛，人们对冷没有概念。我们仅有的冰块来自于断电时，我们隆隆作响的旧冰箱里……拉希达玩着 gel（冻）这个词，把它从一只手传到另一只手，好像这是一个雪球。可怜的 gel，不知道它是不是喜欢这样。拉希达给它穿上了所有能找到的衣服，好像它是个布娃娃似的：surgeler（速冻）、congeler（冷冻）、dégeler（解冻）、gelure（冻伤）、engelure（冻疮）……

至于阿波里娜，我就不说她了，她已经疯狂地爱上了指小词①（如果我告诉你们，她长得矮矮小小的，简直就是个侏儒，你们就更明白了）。

Côte（排骨）、côtelette（小排骨）、barbe（大胡子）、barbiche（山羊胡）、brin

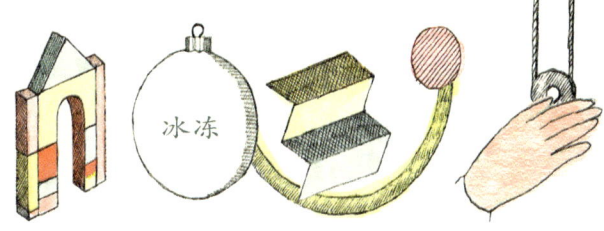

---

① 指小词，或缩小词，是一种词缀，作用类似汉语的"小"，用来缩小或减轻词根所表示的意义。

（枝条）、brindille（小枝条）、rue（马路）、ruelle（小马路）……

她自己鼓起掌来：真是东西越小越可爱！

加埃尔呢？他到现在为止还什么都没搞懂……他希望有人帮他搞清一个奥秘：

"Conjugal，我知道这个词是什么意思，它跟丈夫和妻子有关。但 extraconjugal 是什么意思呢？"

没有人回答他，大家要干的事情太多了，但听到他的问题，我们还是笑了，更何况我们都知道他母亲算不上是一个很忠诚的妻子，她迷上了音乐，迷上了几个男音乐家，特别是其中的打击乐手。

"安静！"语法学家不断地提醒说，"你们都疯了！你们会把一切都打翻的。如果你们叫得太大声，内克罗尔会听到的。"

大家看得很清楚，她是装的，她想装得严肃点，但装得不像。她掩饰不住自己的微笑，她把自己对造词近乎病态的爱传染给了我们。

"造词厂"。

在了解它之前,我还以为那是一个有些阴森森的工厂,只有一些很严肃的工人和高度精密的机械。

可事实上,它更像是金矿中的一个庆典,快乐而杂乱。

我还没有告诉过你,我们的头顶闹哄哄的。一检查,发现并不是让我们的头发吓得要死的蝙蝠。

一个词想躲避一群同学,从一根梁上跳到另一根梁上,想飞走。

我盯着它。

追了上去,原来是"幸福"。在追逐它(想抓住它)的东西当中,我认出了"快乐"、"高兴"、"宁静"、"开心"。它们大喊:

"幸福,你以为自己是什么东西?你太自以

为了不起了。有种的来比试比试！"

我回头看了看语法学家，想求得解释。

"每天都这样，都弄得要让人生气了。"

"可这究竟是怎么回事呢？"

"同义词之间的妒忌。你知道同义词吗？"

"那是一些想表达相同意义的词。"

"太棒了，让娜！说得一点都不错。它们觉得我们说幸福太多，说它们太少。"

"可幸福和开心，这不是同一回事；幸福和满足、幸福和满意也不一样。"

"你说得完全正确。"

"那么，有没有两个词的意义是完全一样的？"

"绝对不会，绝对不会。所以，几百年、几千年来，

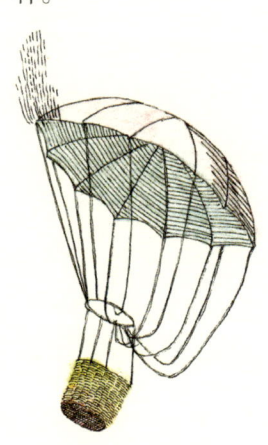

人们才创造了那么多词。为的就是不失去世界的多样性。"

"也为了不失去感情的丰富性。"

"让娜，你尽管很年轻，但什么都懂。"

想象一下吧，享受世界声誉的语法学家在我的两颊亲了一下。

用 fier（骄傲）这个词（拉丁语为 ferus，"野蛮"的意思），加上前缀，可以表达我眼下的特殊感觉：fierté（自豪）。

可怜的罗兰老师！

她看着表，大喊着时间不早了，但无济于事，我们都不听她的，全都沉浸在自己的创造中。

"风度"呢？

他应该来给她帮忙的，赶走我们。

但恰恰相反，他温柔地看着我们：

"年轻人啊，你们让我的心里暖暖的！是啊，由于你们，我们的语言将得到拯救！"

直到夜幕降临，我们才同意走出金矿。好消息，天黑了，警察看不到我们。

可我们的父母会怎么说呢？

啊，如果他们要找我们的麻烦，他们不会有什么好处的。只要一开口指责我们，他们就会受到一连串的回击。我们储存了很多漂亮的词，不会无言以答。

第 13 章
词语的寿命由使用者决定

可怜的内克罗尔，但愿他知道这一点！

全岛人都进行了 résistance（抵抗）。Résistance 这个词，科莱特·博纳旺图大声地（为了让她的妹妹听到，让她妒忌得脸色发黄）确认了其拉丁词根：sistere（逮捕）。

一天，我们拒绝疯子们强加给我们的东西，大家都奋起反抗，说 NON（不）。

这就是我们的战斗精神，不管男女老少。同一个明显的事实让大家都团结了起来：抛弃我们的词语，就是失去我们的瑰宝之一。而且，一些游客也提醒我们，在其他国家，也有别的独裁者在试图压制另一个瑰宝:音乐。

我们说"不"的最好方式,就是前所未有地爱他们想从我们这儿夺走的东西。

在岛上,人们到处都在为词语庆贺。大家绞尽脑汁,收集最罕见的词语。开了几家市场,用来交换词:"我的篮子里有个小小的胆小鬼,叫'懦夫'。还有一个'50来岁',看起来比他的年龄要小。你呢?你有什么可以提供的?"

可怜的布洛谢,要是他能知道这一点该多好!

他尖尖的脑袋不断地出现在玻璃窗后面,但他什么也看不明白。我们的黑板上写满了数字,以遮人耳目。但我们心里只有词语。

比如,我们投票。

正如你们知道的那样,罗兰老师让我们习惯了这种成年人的活动。不管我们激动地在讨论什么。她要求大家都发表意见,哪怕是我们

班里最害羞的菲利普。然后，我们把选票一一放在已经没有金鱼的水族缸里。

我们选出了我们最喜欢的词，我把结果告诉你吧：

1. 杀人犯：11 票。

这当然是因为卡比当告诉过我们，它具有传奇色彩的来源：在黎巴嫩周边地区，有一群走私大麻的人，非常残酷。

2. 王子：8 票。

大部分票都是女孩投的，因为她们

喜欢《小王子》①，总是天真地梦想着白马王子。

3. 倒数第三音节：3票。

我无法解释。

我呢，让娜最喜欢的词是哪个呢？

Préférer（更加喜欢）。你们好好想想吧！

"这个词你是怎么创造出来的？"

"容易得很。从科莱特·博纳旺图那儿借来两个拉丁语小单词，一个是prae，意思是'先于'、'之前'；另一个是ferre，意思是'拿走'、'先拿'或'优先'"。

"让娜，你最喜欢谁？"

"哦，看哪！"

"她脸红了。"

---

① 法国作家圣埃克絮佩里创作的小说。

"我最喜欢……"

"啊,她准备回答了!"

"是班里的同学吗?"

"我最喜欢的人还没有出生。"

关于词语,有个问题我一直想不明白:为什么有的词只能持续一个夏天,秋天一到就消失了?

而有的词却能永远融入到我们的语言当中?

罗兰老师回答我说:

"让娜,这是个选举问题,一场没有选票的大选。民众在使用这个词的时候喜欢它,便会投它的票,所以它的用途便一天天扩大了,大家很快都使用它了。有些词,没有一个人想要;而有些词,立即就找到了广大民众。看看 internaute(网络用户)这个词,应该说,创造了这个词的人是个天才。首先,inter 是指人或物之间的关系；naute 指的是'海洋'，比如 nautique（航海家），又比如 cosmonaute（宇宙飞行员）。internaute 指的是在网络上航行，寻找与别的网络接触的人……"

"谢谢，自从我们的战争爆发之后，我明白了两件事情。首先，语言是一种活跃的巨兽，它一直在不停地动，变化、借鉴、抛弃、创造……其次，语言及使用语言的人是一个整体，好像织成了同一块布。"

"你说得对，让娜。人们创造了词语，词语反过来也创造了人。所以，内克罗尔将搬起石头砸自己的脚。他永远无法把我们与词语分开。"

第 14 章
来了三个戴风帽的人

我希望他们没有看见我。三个穿着厚运动服、戴风帽的人,就像惊悚电影里的那样。我加快脚步。可是倒霉透了!三个人当中的一个用手指着我的方向。我迈开大步跑起来,边跑边咒骂自己:让娜啊让娜,你这么弱不禁风的,为什么要选择港口后面的这条偏僻小路,这是垃圾成堆的仓库区啊！甚至没跑出100米，我就被他们抓住了。

"别跑，我们不会吃了你，只是想问问你……"

"我兄弟说得对，我们只是想知道……"

"那个名字古怪的人住在哪儿？"

"他叫卡比当。"

"或者是不完全叫这个名字的人。"

我开始冷静下来，心跳恢复了正常。仔细一看，他们的风帽下面露出善良的微笑。

"你们找他干什么？"

"给他送个礼物。"

"他要用的大麻。"

"我们听说过他的传奇故事。"

"我们也想成为他那样的人。"

现在，我已经不害怕了，但那三个人越来越让我感到惊讶。

"可你们从哪儿来？"

"从很远的地方。"

"尽管这是我们的第一次旅行。"

"我们从来没有离开过城里。"

"但我们在网上见过他。"

"我们想见见他,不会让他失望的。"

我看着他们。最后,我感到他们应该还是好人。再说,我有什么危险呢?我们的卡比当,他正烦闷着呢!哪怕遇到最坏的情况,他也能自卫,尽管岁数已大。更可怕的人他都遇到过。

※
※ ※

卡比当没有马上就发现他们的到来,他正忙于给自己的猫"牛顿"讲述他去南极旅行的故事:

"晚上,我们要轮流警戒。因为往往比教堂大两倍的浮冰喜欢悄悄地向我们漂流过来,不是因为它们坏，而是忍不住，就像你忍不住要吃老鼠一样。撞船是浮冰的本性。"

如果其中的一个"风帽"敢嘲笑他，哪怕是露出一丝嘲笑，我会立马就走。但我从他们眼里看到的仅仅是敬意。于是，我决定走上前去。

"卡比当你好！原谅我打搅你。这几个年轻人来自很远的地方，想送你一件礼物。"

我的老朋友摇了几次头，他还沉浸在自己的南极故事中。

"欢迎你们！谢谢。我为什么会如此荣幸？"

"由于您的词典。您收藏的东西太漂亮了，我们想补齐它。"

卡比当皱起了眉头，他已经没有力气再把火灾的故事讲一遍了。他叹了一口气。

这时，其中的一个年轻人从衣服口袋里掏出一个练习本，低头弯腰，就像日本人那样，

把它递给了卡比当。

"这是什么?"

"我们的词语,城里的词语。我们想……"

"总之,我们希望……"

"当然,如果您能接受的话……"

"如果您觉得配得上……"

"……让您收藏它们。"

卡比当开始翻阅起来。

"啊,我看见了,很多把发音倒过来的词,颠倒了又颠倒。真的,把旧的词颠倒过来,创造新的词,这很有意思。这让我想起我年轻的时候。Keuf, meuf, vénère, rebeu……行吧,但没有什么新意。啊,这个更有意思。把 policier(警察)写成 nugget(鸡块)。等等,让我猜猜这是为什么,因为他们是母鸡?因为在警车里,他们往往都是 6 个人,所以警车也常常被叫做 boîte de six（六人车）①？这个 les nuit grav'……你们的意思是'香烟'？是吗？因为它严重（gravement）损害（nuisent）健康？"

他大笑起来。

"风帽"们的自豪就不用说了。

我的卡比当感到很享受。

"Alcatraz，这是什么意思？"

"当你父母把你赶出家门时，我们说'我被 alcatraz 了'。"

"Bédave、bicrave 和 bouillave 呢？"

"抽大麻烟、毒贩、做爱。"

这些词来自茨冈人。

"Poucave 呢？"

"天平。"

"Meskine 呢？"

"'一个可怜的家伙'，很容易向他施加 CP。"

---

① boîte de six 也有"一袋六个"的意思，因为麦当劳里的鸡块往往一袋 6 个，所以有上述说法。

"CP是什么?"

"压力(coup de pression),让人害怕某东西。"

我开溜了,让他们谈去。卡比当开心得很,恢复了生机。讲 caillera 语[racaille(平民百姓)的语言]的那个练习本会不会成为他即将重建完成的图书馆里的第一本书?

第 15 章
词语开始使坏

"老师!老师!"

"哎,阿波里娜,你没看时间吗?你是不是也忘了戴表……"

"老师!老师!我刚从港口回来,想亲眼看看……"

"喜讯！我们班里第一个不光读书，而且懂得使用自己眼睛的人。"

"别插嘴，拉希达。你接着说，阿波里娜。"

"我看到有几艘船，准备把外来词驱逐出境。一共有4艘。一艘去阿拉伯半岛，一艘去非洲，一艘去世界上的其他地方，最后一艘去法国。"

"你没弄错吧？"

"来自地方的词也被撵走，比如布列塔尼和巴斯克地区的词。啊，还有迷鸟！港口的船长被抓起来了。他想方设法把……还打开电脑给警察看，说，未来几天，天气恶劣，会让人心情压抑。天知道那个警察的父亲是不是预报天气的记者！他马上就识破了船长的诡计，那张地图是……去年11月的。"

"可怜的樊尚！"

"可怜而又勇敢的樊尚！"

"但此事刻不容缓。"

"因为我们的朋友一走,不知道什么时候才能回来。"

"那个疯子已经烧掉了我们的词典。"

"他们用这场信风,使劲地吹,吹空了我们的记忆。我们没到老就全都遗忘了。"

"好了,别再哀叹了。谁有什么办法?"

还是拉希达挺身而出:

"必须动员那12个官方词。⋯⋯息来源,知道它们烦闷死了。一句话,它们已经厌倦得什么都愿意干。"

"怎么可能?它们要什么那个总统就给它们什么。"

"除了最重要的一件东西!如果只有12个动词,你怎么跟我讲话?那些不能开口的词,你要它们如何度日?打个比方。老师,你有《小王子》吗?"

罗兰老师从书包里翻出一个袖珍本,递给她:

"这是节选:

我就这样一个人生活,没有人可以讲话,直到6年前飞机在撒哈拉沙漠失事。发动机里的什么东西破碎了。由于身边没有技师,也没有乘客,我便打算自己来修理试试,尽管很难。对我来说,这是一个生死存亡的问题。一周来,我几乎没有水喝。

"现在,我们只用内克罗尔允许使用的词语,看看剩下了什么:什么都没有。"

"你们有见了吗?用十顺之战上,故事一开始就不得不马上结束。"

"你说得对。人们常说,最重要的是细节。故事也是。没有细节,故事就是一个骨架。所有的骨架都大同小异。谁会对骨架感兴趣呢?不同的是肉体,也就是细节。"

"那12个词整天无所事事,它们这样能忍受多长时间呢?"

"已经出了一件事。总统府把它镇压下去了。"

"能说说是怎么回事吗?你好像什么都知道。"

"除非罗兰老师把我的故事认同为作业,20分里给我19分。"

"你不觉得自己太过分了吗?"

"算了,算了,反正试试也没什么损失。是这样。前天,内克罗尔给他的宪兵上校下了一道命令:'马上把那个恐怖分子、自命不凡的歌手亨利先生抓起来!'

"正如你们注意到的那样,那个独裁者刚才所说的话里没有一个词是正式单子里的。'关','立即','恐怖分子'等等,这些词犹豫不决,它们可以罢工,不当服服帖帖的信使。况且,这里我要提醒一下,它们都已经被禁止了,所以罢工就更加容易。它们想更加巧妙

地罢工,甚至使坏。于是,刚从总统的嘴里出来,它们就改变了意思,结果,上校听到的是:

'马上给作出巨大贡献的歌手亨利先生颁发荣誉奖章!'

"上校照办了。

"两小时后,亨利先生惊讶地收到了勋章。他在城里走来走去,给大家看那枚勋章。应该说,他的白上衣把红色的绶带衬托得更加显

眼。可以想象得到,那个独裁者是多么愤怒。结果,上校马上被降级了,变成了一个普通的士兵。他去看医生。'我的耳朵出毛病了!'这个可怜的宪兵说。"

全班都鼓起掌来。

"故事真好听!"

"这次,你说得对,可以算作一次作业。"

罗兰老师提醒大家,现在的情况仍十分紧急:

"时间紧迫!拉希达给我们提供了线索。"

"词语反抗了?"

"完全正确。战争中,谁掌握情报,谁就能取得胜利。"

"我还有一个办法。"

大家都朝胆小鬼菲利普转过身来。这个所谓的马的朋友,在参观了司法局咖啡馆,也就是温柔国地图上的那家咖啡馆之后,显然已心中有数。

"快说!"

"靠近点。现在,我对词语非常小心。门窗关了没有用,它们会在空气中游动。过来,靠近点!"

啊,狡猾的菲利普找到办法靠近我了!没有人比害羞者更狡猾了。那天,我明白了,害羞,不管是真害羞还是假害羞,都是最高明的爱情计谋!

就这样,他紧紧地贴着班里所有的女孩(包括罗兰老师。害羞的人脸皮厚),把他的计划告诉了我们。那个计划明天上午就执行。

第 16 章
假如没有词语

接下去（以及结果），只要看下星期出版的《金斯敦邮报》就可以了。那是我们的邻国，富有传奇色彩的牙买加最有影响的报纸。

极尊贵的维迪阿哈·苏拉普拉萨·内克罗尔终身总统陛下神秘失踪

前天,即星期天,极尊贵的内克罗尔总统醒来时说不出话来。

据我们得到的消息,事情的经过是这样的:

天亮时,终身总统像往常一样醒来,想叫人端上他的早餐,但嘴里一个字都出不来。他的内侍看到主人的房间里静悄悄的,有些担心,便决定进入总统的房间,看看是怎么回事。结果,他也同样说不出话来。

那天上午的其余时间就在这种让人不安的沉默中度过,就像一部讲述总统生平的电影突然没了声音。比哑了更糟,因为什么会都开不成了。甚至连写东西也不行,字母一落在纸上,还没组成词就消失了。纸也变成空白一片,不知道词都跑到哪里去了。

有人还说,终身总统的一个顾问,到图书馆找到一本他所需要的专业图书(《行政法文集》),发现纸上空空,没有标题,没有评论,没有注释,只有白色光滑的纸皮封面。

不仅仅是溜号,应该说是逃亡。这么奇怪的现象该如何解释?一个说法开始在城里流传。该不该信呢?

前一天晚上,人们好像看见有个音乐家在总统府周围转来转去。好像是被那里的人叫做"亨利先生"的人。他弹奏着自己创作的一首非常温柔、非常缓慢的抒情曲。总统府里的所有词好像都跑来待在那首乐曲上,就像是给这首音乐填词。然后,那位音乐家和他的吉他以及宏伟的歌曲一起朝大海而去。

现在让我们抛开传说,谈谈已经得到证明、确认和证实的事情。

首先,早上,所有的词,是的,岛上所有的词——书中的词、广告和海报上的词、国家

电台里的词、人们记忆和想象中的词、那12个官方词，与被关在帆船里（有人很快打开了帆船的门）的外来词，所有的词，甚至包括刻在教堂三角楣和坟墓十字架上的文字，全都聚集在沙滩上，与亨利先生的音乐家们久久地举行庆典，以至于第二天必须恳求它们恢复工作，因为从此以后，所有的危险都已排除。

其次，终身总统从此便成了哑巴，他被解除了所有武装之后就消失了，逃到了一个至今谁也不知道的地方。

不得不承认，没有任何政治因素，这个消息一传到沙滩上，便引发了新一轮大庆典。

主编的话

我们曾犹豫是不是要报道这一让人不安的事件,但绝对尊重事实这一惯例让我们作出了决定。可我们深深地意识到,你们也应该如此:哪天,如果再虐待词语,就像以前那样,它们还是有可能逃跑的。

如果词语不再同意乖乖地待在沙滩上,待在我们指定给它们的确切位置上,我们的报纸会变成什么样?我们这些被抛弃的可怜的岛民,如果突然不能聊天,不能谈情说爱,不能重新创造世界了,我们还有什么价值?还有,音乐毫无疑问会和它的盟友——词语联合起来,共同战斗,它也会跟着词语偷偷溜走。没有了音乐,你们还能生活吗?我可不能。

这就是主编最后得出的结论。我留着那份报纸,可以给你们看。

那个人什么都明白了。

首先是因为这个故事有危险。

所以我过了这么久才告诉你们,免得词语对我们的冷漠和虐待进行报复。

去年夏天,我心想,我那时多傻啊(我常常这么说,并不仅仅是去年夏天)!恰恰相反,应该提醒大家,我们要感谢词语,它们是我们最好的朋友,最丰富多彩、最忠诚的朋友,而我们却那么不尊重它们。

我承认,是我们人类创造了词语。

可它们反过来也在不断地创造我们。

比如说,没有了表达爱情的词语,爱情该怎么办?

鸣 谢

谢谢我在法兰西学院的男女同事们，他们在不知疲倦地编写词典。

谢谢著名的语法学家达尼埃尔·里曼，她既博学又聪明，而且还很慷慨。没有她，没有她细心而有趣的支持，我绝不可能来写这些小故事。

谢谢阿兰·雷和亨利埃特·瓦尔特，他们的书让我在法语这个迷人的王国里发现了新的东西。

谢谢萨克维埃·诺什，法语与法国语言的主编，请相信，这个地位很高、非常尊贵的官员把郊区的一些词作为礼物送给了我。

当然，还要感谢卡特琳娜·萨尔瓦多。

谢谢巴黎埃伯莱路14号埃伯莱小学瓦朗蒂娜老师班里的学生们。我永远不会忘记他们对我的欢迎。

谢谢斯蒂埃纳尔夫人，国民教育部潘普尔教区的督学；她，还有教学顾问玛丽-约瑟·帕朗托埃、阿兰·波特雷尔、弗兰克·库蒂里埃；朗莫德斯小学教师魏纳埃尔·戴维、莱扎德里厄小学教师纳蒂娜·杜布瓦，以及一些年轻学生给了我一些（无情的）批评。

  最后，尤其要感谢的是年轻的出版天才、既细心又充满诗意的玛丽·欧仁妮。她才是造词厂的创造者。

  至于卡米尔（谢弗里翁），跟她说什么呢？两个词：赞赏和感谢。